Anonymous, Anonymous Anonymous

Die Regierung des Hanswurstes

Eine Komödie aus dem vorigen Jahrhundert

Anonymous, Anonymous Anonymous

Die Regierung des Hanswurstes
Eine Komödie aus dem vorigen Jahrhundert

ISBN/EAN: 9783743483958

Hergestellt in Europa, USA, Kanada, Australien, Japan

Cover: Foto ©Andreas Hilbeck / pixelio.de

Manufactured and distributed by brebook publishing software (www.brebook.com)

Anonymous, Anonymous Anonymous

Die Regierung des Hanswurstes

Die

Regierung des Hanswurstes

eine

Komödie aus dem vorigen Jahrhundert

(Aus dem Leibstuhl eines alten Präsidenten)

Salzburg, 1786.

Vorbericht.

Der Herausgeber dieses Possen-
spiels hatte in einer öffentlichen Auk-
tion den Leibstuhl eines bereits ver-
storbenen Präsidenten an sich gekauft,
den er, bey näherer Untersuchung, voll
geheimer Fächer fand.

In einem dieser Fächer stack nun das Manuscript von gegenwärtiger Komödie.

Es ist schwer zu entscheiden, ob der alte Präsident dieses Manuscript den Weg der Patriz=Fastischen Schriften wollte gehen lassen, oder ob er nicht viel mehr selbst der Autor davon war, und vielleicht wohl auch dieses Werk, als ein feiner Politiker, auf dieser geheimen Kanzley komponirte.

Der Herausgeber ist für seinen Theil der letztern Meinung, weil sich in diesem Leibstuhl, der, wie er nach der Hand erfuhr, in Paris verfertigt worden,

worden, auch ein Fach zu einem vollständigen Schreibzeig vorfand.

Was ihn aber noch mehr in dieser Muthmaſſung beſtärkt, ſind die Randgloſſen, die von des alten Präſidenten eigner Hand herzukommen ſcheinen; weil ſie zu deutlich den Groll eines gefallnen Miniſters verrathen.

Dieſer letzte Umſtand iſt die eigentliche Urſache, warum der Herausgeber das Manuſcript ſchon viele Jahre ſehr geheim in ſeinem Pult verwahrte, weil er beſorgte, daß dieſe Komödie am Ende doch eine perſönliche Satyre ſeyn könnte, und weil er die Delikateſſe der regierenden Häupter in dieſem Punkte kennt.

A 3 Da

Da er aber nach der Hand besagtes Manuscript wohl hundertmal (nicht wie ein Berliner-Rezensent nur obenhin) sondern mit der größten Aufmerksamkeit durchlas, und dessen ungeachtet vom größten, bis zum kleinsten Hof eines Reichsfürstleins herab nirgend das Original zu dieser Kopie finden konnte, war er überzeugt, daß die Züge wenigstens nicht aus unserm Jahrhundert entlehnet seyen, und daß er es nun wagen könne, diese Posse dem Druck zu überlassen; denn was beschadet es unsre weise Regenten, wenn im vorigen düstern Jahrhundert Hanswurste auf dem Throne saßen???

An

An den schlechten Versen wird sich hoffentlich Niemand stossen. Für einen alten Präsidenten sind sie leidentlich genug, und sollen sie vielleicht von einem wirklichen Dichter herkommen, nun, so ginge es ihm wie Hans Sachsen,

Der manchen Vers zu lang, und Schuh zu kurz gemacht.

Die sich aber an dem Druckort ärgern sollen, denen dienet der Herausgeber hiemit zur Nachricht, daß er dieses Werklein aus keiner boshaften Absicht in Salzburg habe auflegen lassen, sondern, weil nach der alten

Theaterkronik *) Salzburg das Vaterland des H a n s w u r st e s war.

*) Hanswurstens Theaterkleid war anfänglich blos die Tracht eines Salzburgerbauers, und hat erst nach der Hand einige Zusätze und Abänderungen gelitten. Sonderbar ist es, daß die Tracht des deutschen Harlekins, und der welschen Kardinäle beyde ursprünglich von Salzburg genommen sind.

Anm. d. Herausg.

Erster Aufzug.

Erster Auftritt.

(Das Kabinet des Hanswurstes. An der Wand hängen schlüpfrige Gemälde, und die Porträts von verschiedenen Mätressen herum. Auf dem Tisch stehen Schüsseln mit Fasanen und Rebhühnern, und mehrere Flaschen mit Burgunder. Hanswurst geht im Kabinet auf und nieder, schlägt bald Fliegen todt, nimmt bald ein Stück Fasan, bald einen Stutzen Burgunder, und hält währenddem folgenden Monolog.)

Es ist doch ein hübsch Ding um ein Regenten — —
Man hat da ein Menge Geld in den Händen,

Und darf keinem Menschen Rechenschaft
 geben — — *)
Dabey führt einer ein göttliches Leben —
Wir essen und trinken, was uns thut be-
 lieben,
Und folgen in allem unsern Kaprizen und
 Trieben —
Sehn wir wo ein hübsch Madel oder Weib,
So nehmen wir's ohne Umstand zu Leib —
Es thut's auch jeder für eine Ehr sich
 schätzen,
Wenn wir uns woll'n mit sein Weib oder
 Tochter ergötzen — —
Drum heissen wir auch im wahren Verstand:
Ein Regent und Vater vom ganzen Land —

Ein

―――――――――――

*) Ein bekannter Kunstgriff vieler Mini-
 ster ist, daß sie die Privatchatouille des
 Regenten immer angefüllet halten;
 denn dadurch werden die schwachen Fürsten auf den Irrthum geführt, daß die
 Staatskasse und die Beutel ihrer Unterthanen eben so voll sind.
 Anmerk. des alt. Präsident.

Ein finsters Gesicht von uns schneidt wie
 ein Messer;
Doch wen wir anschmunzeln, dem schmeckt's
 Brat'l gleich besser.*)
Wo wir hinschaun, steht uns all's zu Ge-
 bot —
Und wir sind überall verehrt wie ein
 Gott — —
Dabey dürf'n wir uns kein Glied im Kopf
 verrenken;
Denn wir hab'n Leut gnug, die um's Geld
 für uns denken —
Und auch raufen, wenn's kommt zu ein
 Krieg — —
Und doch bleibt uns die Ehre vom Sieg —

Fangt's

———————————

*) Arme Günstlinge, die ihr euch auf ei=
nen Fürsten verlaßt, der ein Sklave
seiner Launen ist, und euch eben so
schnell zu seinem Fußschemmel macht,
als er euch zu seinem Busenfreund er=
wählet hat.

Anm. des alt. präfs.

Fangt's Gewissen an, sich manchmal zu regen,
So weiß unser Beichtvater schon den Aufruhr zu legen;
Weil's unser Herr Gott, wie es sich geziemt,
Nie so genau mit den Regenten nimmt.
Es darf uns also vor der Höll nicht schauern;
Denn die ist nur für Bürger *) und Bauern — — —
Deswegen dank ich vorm Schlafengehn jede Nacht
Dem Himmel, daß er mich hat zu ein Regenten gemacht. — —

(Leert die Flasche Burgunder.)

Zweyter

---

*) Ein abscheuliches Prinzipium, daß die Hofschranzen schwachen Fürsten in den Kopf setzen, damit sie solche nach ihren unedeln Absichten leiten können. Was kann

Zweyter Auftritt.

Ein Kammerherr und Hanswurst.

Kammerherr.
Euer Durchlaucht, der Kanzler wartet
noch immer.

Hanswurst.
Kann warten — Sonst Niemand drauß?

Kammerherr.
— — — — Ein Frauenzimmer — —

Hanswurst.
Wenn's hübsch ist, so laßt mir's herein;
Ein Regent muß galant geg'n 's Frauen=
zimmer seyn.
(Kammerherr ab.)

Dritter

kann einem bösen Regenten heilig seyn,
der h'er keine Rechenschaft geben darf,
und dort, nach seiner Meinung, nichts
zu fürchten hat?
Anm. des alt. Präsid.

Dritter Auftritt.

Das junge Frauenzimmer tritt, eine Bittschrift in der Hand, schüchtern ein, und bleibt in einiger Entfernung stehen. Hanswurst hat sich indessen mit übereinander geschlagenen Beinen auf einen Sopha geworfen.

Hanswurst.

Das Fruhstück wär einmal hinunter — —
Und ein hübsch Madl schmeckt auf'n Burgunder — —
(erblickt die Supplikantin)
Nu! komm nur näher, was willst d' mein schönes Kind?

Frauenzimmer (wirft sich ihm zu Füssen)

Ich weiß, wie gnädig euer Durchlaucht sind, *)
Und wollt daher ganz fußfälligst bitten — — —
Ein

---

*) O ja, sehr gnädig, besonders gegen hübsche Mädchen, und junge Weiber — Gnade

Ein junger Mann von Talent und guten
Sitten
Wünscht eine Stelle im geheimen Rath —

Hanswurst.

Steh auf! er soll sie habn, weil er so eine schö=
ne Fürsprecherin hat —
Doch Madl, sag mir, versteht er das
Wesen?

Frauenzimmer.

O ja! euer Durchlaucht, er kann lesen,
Und so gar ein wenig schreiben zur Noth.

Hanswurst.

Da weiß er gnug. Hab ja wohl grössere
Esel im Brod.

Vierter

Gnade muß nie die Tochter einer
Schwachheit seyn. Merkt es euch ihr
Fürsten.

Anm. des alt. Präsid

Vierter Auftritt.

Kammerherr und die vorigen.

Kammerherr.

Eur Durchlaucht, der Kanzler will nicht länger warten *) —

Hanswurst (der eben mit dem Halstuch der Supplikantin zu spielen anfieng, und unwillig wird, daß man ihn störte.)

Ist das ein Gläuf! giebt's denn heut keine Karten **)

In

---

*) Man sieht schon aus diesem Zuge, daß der Kanzler kein Prudenzial hatte, sonst würde er seinen Fürsten nicht in einem tête à tête gestört haben — verzeihn wollt' ich's ihm allenfalls, wenn es auf Anstiften der fürstlichen Mätresse geschehen wäre.

**) Es war einmal so der Brauch am hanswurstischen Hofe, daß die Minister

In meiner Antichambre? So laßt ihn
 herein — —
(aufgebracht)
Es soll einer ein Regent, und es soll einer
 keiner seyn?

Frauenzimmer (in sanft schmeichelndem Tone.)
Ich darf also hoffen?

- Hanswurst.

— — — — Es bleibt beym Ver-
 sprechen.
Ich könnt freylich als Regent mein Wort
 wieder brechen — —
Doch meld dich nur Abends im Schlafkabinet —
So geb ich dir dann selber das Dekret.

Die
ster, wenn ihnen die Zeit in der Antichambre zu lang ward, mit den Kam-
merherren Karten spielten, und dann
den Regenten auf sich warten liessen,
bis die Partie zu Ende war.

(Die Supplikantin küßt ihm die Hand, und entfernt sich. Hanswurst kneipt sie in die Backen, und sieht ihr bis an die Thüre mit dem Fernglas nach.)

Potz! ist das ein Madel, daß ein d' Augen
vergehen!
Man kann weit und breit kein schöners Blut
nicht sehen.

Fünfter Auftritt.

Kanzler (mit vielen Bücklingen eintretend,) und Hanswurst.

Hanswurst.

Nu! was giebt's denn? Ist dem Faß der
Boden schon ein,
Daß er's gar so treibt?

Kanzler.

Euer Durchlaucht müssen verzeihn — —
Allein ich hab wichtige Dinge zu referiren.

Hans=

Hanswurst.

Nur kurz — ich hab keine Zeit zu ver=
lieren —

Kanzler (mit vieler Gravität.)

Pro Primo also kann, so sehr auch jeder Mü=
he sich gab,
Von mir bis zum Praktikanten hinab,
Vom weisen Handbillet, das euer Durch=
laucht in Gnaden
An uns ergehen liessen, keiner den Sinn
errathen. *) —

Hanswurst.

Pfuy Teufel! wo ist mein Handbillet?
Nicht lesen können, was vor der Nasn
g'schrieben steht!

B 2 (Kanzler

─────────
*) Schon diese Stelle ist Beweises genug,
daß dieser Hanswurst im vorigen Jahr=
hundert müsse regiert haben; denn in
unsern Zeiten können die Minister die
Handbillets nur zu gut lesen.
A. d. H.

(Kanzler überreicht ihm mit Ehrfurcht das Billet. Hanswurst setzt die Brille auf.)

Hör er einmal, was unser höchster Will'n ist gewesen —

(Er dreht das Billet von allen Seiten um, starrt es lange an, und sagt endlich nach einer Pause).

Hol mich der Teufel! ich kann's selbst nimmer lesen. *) —

(Kanzler kann kaum das Lachen verhalten.)

Doch

---

*) Der gute Hanswurst konnte kaum seinen Namen schreiben, und doch war er bey seiner Unwissenheit so eitel, daß er öfters Handbillets an seine Stellen ergehen ließ, die dann von den Präsidenten eben so wenig als obiges gelesen werden konnten. Sie waren aber zu klug, ihrem Regenten dies zu entdecken, sondern sie stellten sich vielmehr an,

Doch nur weiter referirt — vielleicht fallt
's mir ein.

Es wird so von keiner Wichtigkeit g'we=
sen seyn.

Kanzler.

Pro Secundo also werden Euer Durchlaucht
wissen,

Daß wir den Posten noch besetzen müssen,

Den der verstorbene Finanzminister beklei=
det hat — —

Mein Rath wär — — — — —

Hanswurst.

— — — — Ich brauch keinen
Rath.

an, als wären sie bereit, seine Befehle
pünktlich zu vollziehn. Man hat also
abermal einen Beweis von dem weni=
gen Prudenziale des Kanzlers, der sei=
nen Fürsten in die Verlegenheit setzte,
von sich selbst gestehen zu müssen, daß
er seine eigne Schrift nicht mehr lesen
könne.

Anm. des alt. Präsid.

Ich hab diese Stelle bereits meinem Mund=
koch bestimmet. *) —

Kanzler.

Ich verehr den höchsten Willn, wie es sich
geziemet;
Wenn aber nur der Mann dem Amt ge=
wachsen ist **) — —

Hans:

*) Solche kluge Auswahlen konnte man
am hanswurstischen Hofe häufig sehen.
Der Oberjägermeister war zugleich Bi-
bliothekar. Der Kriegsminister bekam
seine Charge, weil er als Oberstallmei-
ster gut mit Pferden umzugehen wußte, und der Beichtvater ward Polizey-
präsident, weil er bey einer ausgebro-
chenen Hungersnoth eine Menge Ge-
treide herbeyschafte, das er vorher aus
Wucher aufgekauft hatte.

Anm. des alt. Präsid.

**) Man sieht, daß der Kanzler ein ehrli-
cher Mann ist, der es mit dem Staat
gut und aufrichtig meynt; aber eben
deswegen

Hanswurſt (mit fürſtlicher Vertraulichkeit.)

Schau Kanzler, was dn für ein Gispel
biſt!
Mein Koch ſoll nichts von Finanzen ver‑
ſtehen,
Da doch meine meiſten Revenüen durch d'
Kuchel gehn?*)

deswegen taugt er nicht an hanswur‑
ſtiſchen Hof.

Anm. des alt. Präſid.

*) So unwiſſend Hanswurſt auch in übrigen Dingen war, ſo bemerkte er doch, daß ſeine Küche mehr als die Hälfte ſeiner Einkünfte verſchluckte. Die Verſchwendung gieng hierin ſo weit, daß kein Stubenmädchen am Ho‑ fe war, das nicht ihre Speiſen aus der fürſtlichen Küche empfieng, und nicht drey oder vier gute Freundinnen an ih‑ re Tafel laden durfte. Es iſt alſo dem Hanswurſt ſehr zu verzeihn, wenn er den Mundkoch zum Finanzminiſter ma‑ chen wollte.

Anm. des alt. Präſid.

Kanzler (sich verbeugend).

Ich bitt um Vergebung — daran hab ich
nicht gedacht — —
Pro Tertio also hat ein Fremder ein Pro=
jekt gemacht,
Das dem höchsten Aerarium gut kal=
kuliret,
Jährlich drey Millionen Gulden rentiret.
Es besteht darin, daß jeder, der eine Nase
trägt,
Jährlich ein gewisses Quantum für seine
Nase erlegt. — —

Hanswurst.

Das nenn' ich ein Projekt! denn d' Nasn
kann keiner verstecken —
Seyd ihr Inländer im Stand so ein Pro=
jekt auszuhecken? *)

Kanzler.

---

*) Dies Mistrauen in seine Unterthanen
und Landsleute war eine Hauptschwach=
heit dieses Regenten — durch diese
Verach=

Kanzler.

Nein! eur Durchlaucht, wir laſſen Fremden
 den Ruhm — —
Für dieſes Projekt alſo, worüber das Pu=
 blikum
Zwar murren wird, das aber (vermuthlich
 aus weiſen Gründen)
Das Glück genießt, euer Durchlaucht Bey=
 fall zu finden,
Verlangt der Fremde keinen andern Lohn,
Als bloß die oberſte Direktion.
Aber dieſe neue Naſenſteuer zu erlan=
 gen — —

Verachtung bracht er es aber auch da=
hin, daß wirklich die meiſten Dumm=
köpfe blieben; denn wer ſoll ſich aus=
zuzeichnen ſuchen, wenn er ſieht, daß
man blos Ausländer befördert?

Anm. des alt. Präſid.

Hanswurst.

Das ist ein Bagatell — man erfüll sein Ver=
langen — —
Was mir besonders an diesem Projekt thut
g'falln,
Ist, daß man kein zwingt, die Steur zu
bezahln;
Denn, wenn's ihnen in Kopf kommt, so muß
ich's leiden,
Wenn sich meine Unterthanen alle d' Nasen
wegschneiden.
Sie dürfen also über kurz oder lang
Nicht klagn, daß man ihnen anthu' ein
Zwang. — —

Kanzler.

Sehr weislich gedacht — pro Quarto muß
ich es wagen,
Euer Durchlaucht aller unterthänigst vorzu=
tragen,
Daß auch ein Landeskind ein Projekt einge=
reicht —

(Hans=

(Hanswurst lacht, und trinkt Burgunder.
Kanzler) fährt fort.

Es würden dadurch dem Staat sehr leicht,
Wie es die Berechnung zeigt, ein paar Millionen,
Ohne den Unterthan zu drucken, gewonnen.

Hanswurst.

Das war schon recht — Laß er einmal hörn,
Denn ich hab d' Unterthanen und d' Millionen gern. *)

Kanzler.

Es betrifft die Errichtung einer Fabrike
(Hanswurst macht grosse Augen.)
Von Tüchern. Da wir in diesem Stücke
Noch

---

*) Aber nur dann, wenn sich nämlich das Wohl der Unterthanen mit den Millionen zufälligerweise zusammenreimen läßt. Im widrigen Falle bekommen freylich die Millionen den Vorzug.

Anm. des alt. Präsi-

Noch gänzlich Sklaven von unserm Nach-
bar sind,
Der von uns jährlich manche Million ge-
winnt,
Wie es die Bücher der Mauth bezeugen —
So — — —

Hanswurst.

Jetzt geh er, und laß er sich haim geigen
Mit seinem Projekt! Eine Fabrik!
Hab ich mir's nicht denkt beym ersten Au-
genblick,
Daß 's ein Eselstreich wird seyn? Er soll
sich schämen,
Sich um so ein Projekt anzunehmen.
Hat er 's denn nie von mein Beichtvater
gehört,
Daß der Himmel jedem Land was gewisses
beschert,
Und daß meine Länder zu keiner Fabrik
taugen,
Weil sie — — Nu! weil sie halt nicht dazu
taugen?

Kanzler.

Kanzler.

Ich werde' es mir lassen zur Warnung seyn. —
Pro Quinto aber werden mir euer Durchlaucht verzeihn,
Wenn ich nebst andern wichtigen Sachen — — —

Hanswurst (aufgebracht).

Was! soll ich ihm noch länger ein Narrn machen?
Ich muß auf d' Jagd. Will er seyn von der Partie,
So zieh er d' Stiefel an? — und hies mir adi!

(geht ab.)

Kanzler.

O armes Land, wo Hanswurste regieren,
Und Pfaff und Mätresse das Staatsruder führen!

(geht ebenfalls ab.)

Zweyter

Zweyter Aufzug.

Erster Auftritt.

(Das Theater stellt einen grossen Saal im fürstlichen Pallast vor. Der Kanzler geht auf und nieder, und redt mit sich selber.)

Nun der Streich, der hat uns noch gefehlt!
Einen Krieg vor der Thür, und weder Leut noch Geld —
Das wird eine saubre Wäsch abgeben —
Dürft ich nur nicht den Ausgang davon erleben!

Zweyter

Zweyter Auftrit.

(Hanswurst, und sein Hofbeichtvater kommen von der Jagd zurück.)

Hanswurst (ungemein aufgeräumt, indem er den Kanzler erblickt.)

Servus, Herr Kanzler! das wird ihn reun,
Daß er nicht mit war. So ein Wild=
schwein
Hat er sein Lebtag nicht g'sehn, wie ich hab
erschossen — —
Den da, (auf den Beichtvater weisend) den
hat's fast verdrossen,
Daß ich ihm 's vor der Nasn hab wegge=
brennt — —

Beichtvater (pöbelhaft witzig.)

Ja! ja! zu Madln und Jagn fehlt's nicht
am Talent —
Darin wissen sich eur Durchlaucht wacker
zu produciren —

Hanswurst.

Halt 's Maul, Pfaff, sonst laß ich dich ka=
striren. *) —

(Beichtvater und Hanswurst brechen in ein
rasendes Gelächter aus. Der Kanzler
seufzt.)

Hanswurst (den Kanzler meynend.)

Doch was macht denn der für ein finsters
G'sicht?

Beicht=

---

*) Das waren die täglichen Spasse und witzigen Einfälle der Hanswurstischen Tafel. Oefters wurde der Fürst und sein Beichtvater auch so vertraut, daß sie sich dutzten, und die Servietten an den Kopf warfen. Der Beichtvater war auch derjenige, der seiner Durch=laucht die Mätressen auswählte, wes=wegen ihn der Fürst mit Recht zu sei=nem geheimen Rath machte.

Anm. des alt. Präsid.

Beichtvater (höhnisch).

Weiß schon, was seyn wird: schmeckt ihm halt nicht,
Daß er mit dem saubern Fabrikprojekt ist durchgefallen — —

Hanswurst (ebenfalls spöttisch).

Der Mundkoch geht ihm im Kopf um — —

Kanzler (mit Ehrfurcht).

Nichts von dem allen,
Was euer Durchlaucht, und euer Excellenz zu sagen beliebt —
Sondern mein Herz wird durch eine Nachricht betrübt,
Die eur Durchlaucht ebenfalls in Erstaunen wird setzen — —
König Kasper war fähig den Bund zu verletzen,
Den er, für so theures Geld, mit eur Durchlaucht errichtet hat —
Und steht mit seiner Armee bereits in — — unserm Staat — —

Hanswurst (aufgebracht).

Was! der König Kasper? Das ist erlogen —
Denn wär der in meine Länder gezogen,
So hätt' mir mein G'sandter gewiß was davon avisirt — —

Beichtvater.

Die Truppen werden vielleicht seyn bey der Nacht marschirt*) —

Hanswurst.

Da konnt sie freylich mein Gesandter nicht sehen — —
Aber eins, das kann ich nicht verstehen,
Wie

---

*) Der Beichtvater war der Onkel des Gesandten, und so mußte er sich freylich seines Neffen annehmen, der, anstatt das Interesse seines Herrn zu besorgen, eben damals eine Lustreise nach Paris gemacht hatte.

Anm. des alt. Präsid.

Wie man ihn hab laſſen bey meinen Gränzen herein?

Meine Soldaten werden doch nicht blind geweſen ſeyn?

Kanzler.

Das ließ ſich freylich ſchwerer erklären.
Wenn unſre Gränzen beſetzt geweſen wären — —
So aber haben wir mehr Offizier als Gemeine im Sold — —

Beichtvater.

Der Herr Kanzler iſt dem Kriegsminiſter nicht hold — —
Mir ſcheint's, das Ding hat nicht viel zu bedeuten.
Wir kennen ja den König Kaſper noch von alten Zeiten — —
Eur Durchlaucht gebn ihm eine Provinz und ein paar Millionen dazu *)

*) Der gute Kanzler ſieht nicht ein, daß der Beichtvater von König Kaſper beſtochen

So laßt er eur Durchlaucht wieder viele
Jahr in Ruh —
Inzwischen muß man Jemand an ihn de=
putiren,
Und ihn bitten laſſen, wieder hinaus zu
marſchiren —
Er willigt gewiß in euer Durchlaucht Bitt—
Beſonders, wenn er die Millionen ſieht —

Hanswurſt.

Nu! Kanzler, laß er auch ſeine Meynung
hören.

Kanzler.

Ich halte zwar den Rath Seiner Hochwürden
in Ehren —
Nur fürcht' ich, wenn man ihm eine Provinz
abtritt,

Er

ſtochen iſt, und daß er dem Regenten
einen Rath giebt, den ihm der Feind in
den Mund gelegt hat,
Anm. des alt. Präſid.

Er nimmt uns übers Jahr die andern mit —
Ich würd also lieber das äusserste wagen.

Beichtvater (heuchelnd).
So! also lieber raufen und schlagen,
Als den göttlichen Frieden erflehen?

Hanswurst.
Nur keine Handl! wir wolln jetzt zum Essen
 gehn —
Ich spür in meinem Magen leere Falten,
Und nüchtern laßt sich kein g'scheider Kriegsrath halten.
(alle ab)

Dritter Auftritt.

(Das Theater präsentirt das Kabinet des Kriegsministers. Man sieht verschiedene Operationsplane auf dem Tisch herum liegen; sie sind aber alle fingerdick mit Staub bedeckt. Der Kriegsminister verbirgt ein Kästchen mit Gold

Gold in einen geheimen Schrank, und liest
darauf ein Billet, das dem Kästchen beyge-
legt war.

„Mein Herr, hier folgt noch aus alten
 Schulden
„Eine Kleinigkeit von hundert tausend Gul-
den —
„Nur einen Dummkopf zum Chef — mehr
 brauch ich nicht zur Zeit,
„Und rechnen Sie auf weitere Dankbar-
keit." — —
Bravo! so kann ich mir Geld vom Feind
 verdienen,
Und zugleich die Gunst der Mätresse gewin-
nen;
Denn sie hat mir zum Feldmarschall einen
 Menschen rekommandirt,
Den sein Barbierer heut das erstemal rasirt —
Ein Kluger würde sich ohnehin nicht beque-
men,
Das Kommando von Truppen zu übernehmen,
Die größtentheils nur auf dem Papier exi-
stiren —

Hat

Hat aber der Kommandirende im Kopf kein
Hirn —
So kann ich mich hübsch ziehn aus den
Schlingen,
Wenn die Sachen auch zehnmal miserabler
giengen.

Vierter Auftritt.

Ein Kammerdiener und der Vorige.

Kammerdiener.

Der Fürst laßt euer Excellenz zu wissen
thun —
Dieselbe möchten, so bald möglich, ge=
ruhn,
Bey Hof zu seyn. Weil wichtige Dinge
obwalten —
Wird heut an der Tafel Kriegsrath ge=
halten.

(ab)

Il n'y a rien, qui presse! Ich muß bevor
meine Tänzerin sehn *) —
Dann ist 's immer noch Zeit nach Hof zu
gehn.

(ab).

Fünfter Auftritt.

Das Theater stellt den Speisesaal im hanswurstischen Palast vor. Man hat bereits ab-
gespeiset. Die Tafel war von hundert
Kouverts.

Hanswurst.

Ihr Herrn und Damen beliebt euch zu retiri-
ren —
Wir haben noch über wichtige Dinge zu con-
feriren — —

Die

*) Der Kriegsminister war freylich auf
dem Schlachtfeld des Mars und der
Venus

Die Gäste stehen auf, verbeugen und entfernen sich. Es bleibt Niemand zurück als Hanswurst, die Mätresse, der Beichtvater, der Kanzler, der Mundkoch als künftiger Finanzminister, und einige Kammerdiener und Lakayen. *) Der Kriegsminister tritt geputzt und parfümirt in den Saal, und nimmt neben der Mätresse seinen Platz.

Hanswurst (den Kriegsminister erblickend.)
Gut! daß er da ist — Nu! jetzt wärn wir allein —
Sag er ihnen also, Kanzler, warum wir beysammen seyn.

Kanz=

Venus ein gleich schlechter Held; indessen war es einmal am hanswursti=
schen Hof so Mode, eine Mätresse zu haben.
     Anm. des alt. Präsid.

*) Der hanswurstische Hof pflegte sich gern das Ansehn des Geheimnißvollen zu geben; indessen war nicht leicht ein Hofbedienter, der nicht eine Minute nach der geheimen Konferenz gewußt hätte, was darin resolvirt wurde.
     Anm. des alt. Präsid

Kanzler (mit seinem gewöhnlichen Pathos.)

Die weisen Glieder dieses geheimen Raths werden leider
Vernommen habn, daß König Kasper —

Hanswurst.

— — — — — Der Bärnhäuter!

Kanzler.

Ohne den Krieg zu erklärn, bey Nacht

Hanswurst.

Wie ein Schelm

Kanzler.

— — — — — einen Einfall in unsre Länder gemacht.
Deswegen hat unser gnädigster Herr den Kriegsrath versammeln lassen,
Um in der Geschwindigkeit einen weisen Entschluß zu fassen,
Wie diesem Uebel wohl abzuhelfen sey —
Bevor wir aber die Stimmen nach der Reih

Von

Von den hochweisen Räthen vernehmen,
Wünsch' ich, der Herr Kriegsminister möge
    sich bequemen,
Uns vom Zustand der Armee ein kleines De-
    tail zu gebn — —

Hanswurst.

Das ist ein guter Einfall! mein Kanzler
    soll lebn!

Kriegsminister.

Die Armee thut dermal aus funfzig tausend
    Mann bestehen —
Wie euer Durchlaucht aus diesem Schema
    ersehen —
Die Gemeinen sind freylich größtentheils
    reducirt;
Dafür aber hab ich alle Offizier conservirt.
Die Kavalerie hat gewiß kein Potentat so
    auf Erden;
Nur fehlt es uns seit einigen Jahren an
    Pferden.

An Pulver wär gewiß auch ein grosser Vor-
 rath aufgekauft —
Hätt' uns der Feind nicht den Salniter ab-
 gekauft.
So hat er uns auch zum Glück den Proviant
 abgenommen,
Sonst wären uns noch die Mäus darüber
 gekommen.
Zum Kommandirenden hat mir die Gräfin ein
 Subjekt proponirt,
Desgleichen nicht leicht gefunden wird —
Er halt ungemein viel auf eine schöne Pa-
 rade

Mätresse.

Und ist gewiß ein Meister in der Blokade.

Kriegsminister.

Bey solchen Umständen also dürfte man kühn
Mit der Armee dem Feind entgegen ziehn,
Und ihn wieder zum Land hinaus jagen —

Kanzler.

Kanzler.

Das läßt sich nicht so leicht thun, als sagen —

Kriegsminister.

Das wird der Herr Kanzler doch nicht besser als ich verstehn?

Kanzler.

Das werden wir erst beym Ausgang sehn. —

Mundkoch.

Auch ich bin der Meynung, man soll den Krieg vermeiden —
Denn d' fürstliche Küchel kann ich nicht lassen leiden. —

Sechster

Sechster Auftritt.

(Ein Kammerherr vor Schrecken außer sich.)

Das ist ein Elend ohne Ziel und Gränz —
Der Feind ist im Anzug gegen die Residenz.

Hanswurst.

Potz Fikrament! sattelt's mir meinen Heng=
sten,
Daß ich fortkomm — ich thu in die Hosen
vor Aengsten.

(Alle laufen davon bis auf den Kanzler und
Beichtvater.)

Beichtvater.

Wo wolln eur Durchlaucht hin? Jetzt ist 's
zu spat —
So geht 's! warum habn S' nicht gefolgt
meinen Rath? —

Hanswurst.

Du kannst vielleicht den König Kasper be=
wegen —

Beicht=

Beichtvater.

Versuchen will ich 's, und will ihm entgegen —
Vielleicht laßt er sich auf bessere Gedanken führen. —

Hanswurst (kniet vorm Beichtvater nieder *).
Ich bitt dich; denn schau.'s, wenn ich soll mein Land verliern,
So wär kein elenderer Kerl als ich auf Erden —
Ich müßt bey meiner Treu ein Krautschneider werden.

*) Feigheit und Niederträchtigkeit sind immer Eigenschaften dummer und grausamer Regenten.

Anm. des alt. Präsid.

Das Handbillet des Hanswurstes.

Eine Beilage zur Regierung des Hanswurstes.

Salzburg 1786.

Der Freund, dem wir die Entdeckung der vor einiger Zeit im Druck erschienenen Regierung des Hanswurstes zu danken haben, hat von ungefähr in dem nämlichen Leibstuhl des alten Präsidenten D, sidenten, in einem verborgenen Seitenfach, auch gegenwärtiges Handbillet entdeckt.

Da, nach seiner Meinung, der Inhalt davon, eben so wenig als obige Komedie, eine Anspielung auf unsere aufgeklärten, glücklichen Zeiten sein kann, so hat er kein Bedenken getragen, das Manuscript dieses Handbillets gleichfalls dem Druck zu überlassen.

Ob es wirklich von der Hand des Hanswurstes herkomme, daran zweifelt er sehr, wohl aber hat er gute Gründe zu glauben, daß es, so wie die Komedie selbst,

selbst, eine Frucht von der muthwilligen Laune des gefallenen Präsidenten seyn möge; und wer sich nur etwas besser, als Pater F a st in Wien, auf Jronie versteht, wird sicherlich seiner Meinung beystimmen.

Es mag nun aber Satire, oder ein wirkliches Handbillet seyn, so bleibt es immer ein Dokument in Staub getretener Menschenrechte, und wird ein Beweggrund mehr, dem Schöpfer zu danken, daß er, von dem bekanntermaßen die Monarchen g e m a ch t werden, nun bessere Monarchen m a ch e.

Die

Die öffentliche Bekanntmachung dieses Handbillets kann also in doppelter Rückſicht nützlich ſeyn: indem es durch ſeine gute Laune das Zwerchſell erſchüttert, und zugleich das Herz aller deutſchen Unterthanen, und vorzüglich der Reichsglieder, zum wärmſten Dank bewegt.

Salzburg den 1 Jul. 1786.

Der Verleger.

Lieben,

Lieben, getreue Minister und Räth,
Und wer sonst in meinem Gnadenbrod *)
  steht — —

Wer nur immer die Finger kann rüh-
    ren **)
        Fängt

*) Ich lobe den Hanswurst darum, daß er das Brod seiner Präsidenten und Räthe ein Gnadenbrod nennt; denn da es blos von der Gnade der Monarchen abhängt, diese Herren an ihren Posten zu lassen, oder zum Geyer zu jagen, so kann man ihren Gehalt unmöglich anders, als Gnadenbrod nennen.

**) Auch der türkische Kaiser kann die Finger rühren,

Fängt izt an, ein Handbillet zu skribuliren.
Will also auch ein Handbillet schreibn,
Und meine Räth ein wenig untereinander treibn.
Weiß zwar vorher, daß 's nicht viel wird nutzen,
Und daß sich manche den Hintern dran putzen *)

(Mit

rühren, und schreibt doch keine Handbillets. Man sieht also schon blos aus dieser Stelle, daß die Satire nicht auf unsre Zeiten abziele.

*) Einem Hanswurst sind dergleichen Ausdrücke in einem Handbillet zu verzeihn. Er wußte, wie es seine Räthe zu machen pflegen, und nannte daher das Kind beim rechten Namen. Die Leser werden sich hoffentlich nicht daran stoßen, seitdem sie Göthe in seinem Göz von Berlichingen und seinen Possenspielen an derley feine Wendungen gewöhnt hat.

(Mit der Kopia nämlich; denn s' Original
 mit Respekt
Bleibt im Archiv für d' Mäus' ein Kon=
 fekt. *)
Bhut nichts — d' Welt wird doch darüber
 erstaunen
Und d' Zeitungsschreiber werden's auspo=
 saunen **) :

Was

*) Vielleicht war es zur Zeit des Hanswurstes, wo man in einer wichtigen Angelegenheit gewisse Dokumente aus dem Archiv erheben wollte, und der Archivarius zur Antwort gab: Daß sie die Mäuse gefressen hätten.

**) Zeitungsschreiber sind eigentlich die Tragesel, die dem künftigen Geschichtschreiber die Materialien herbeyschaffen. Wenn nun diese gemeiniglich Lügen sind, wenn sie übertriebene Strenge, Gerechtigkeitsliebe nennen; dem im Staub niedergetrettenen Volke Glück wünschen, daß der Himmel es unter einem

so

Was für ein Glück so ein Land genießt,
Wo der Monarch den Räthen d' Leviten
liest *)

Will

so weisen Regenten leben lasse; wenn sie eine
noch so zweydeutige Handlung zur Engeltugend
erheben, und Fürstenlaster mit Schmeicheley
vergolden: Was für ein Gebäude kann der
Historiker dann wohl mit solchem Materiale
aufführen? Ist es den armen Schelmen
aber wohl zu verargen, nachdem sie Beispiele
vor sich haben, daß historische Treue mit 25
ad posteriora belohnt worden?

*) Ich will es dahin gestellt seyn lassen, ob
so ein Land eben am glücklichsten sey. Ver-
weise, besonders wenn sie öffentlich gegeben
werden, machen die Gemüther nur halsstär-
rig. Wenn die Räthe nicht selbst Patrioten
oder ehrliche Männer genug sind, so finden
sie tausend Gelegenheit, die besten Absichten
des Monarchens zu vereiteln, ohne daß man
sie darüber zur Verantwortung ziehen könne.

Sill also in Gott's Nam die Predigt an=
heben,
Und euch allergnädigst zu erkennen ge=
ben,
Wo mich der Schuh druckt. 'S ist schon
lange Zeit,
Daß mich Essen, Trinken, und *) Karef=
firn nicht freut.
Ihr seht selbst, wie ich von Fruh Mor=
gen **)

Für

*) Zu wünschen wär's, daß alle Monarchen
so offenherzig wären! Sie würden dann ein=
gestehen, daß oft blos üble Laune, eine klei=
ne Unverdaulichkeit, ein Zwist mit der Mä=
tresse, oder ein fehlgeschlagener Anschlag auf
die Tugend einer schönen Bürgerin, der Be=
weggrund zu manchem Handbillet war.

**) Am Hanswurstischen Hof fieng der frühe
Morgen um die Stunde an, wo der arbeit=
same Bürger bereits die Hälfte seines Tag=
werks verrichtet hatte.

Für das Wohl meiner Unterthanen thu sor=
                gen; *)
Durch Steuer und gaben wird d' Industrie
                erregt, **)
Deswegen hab' ich so gar auf d' Luft eine
            Steuer g' legt;
Und wenn ihr Geld alles in meine Kassa
            marschirt,

                                        So

---

*) Diese Redensart hat sich bis auf unsre
Zeiten erhalten. Am häufigsten kommt sie
in Verordnungen vor, die der gedrükten Na=
tion einen Fußtritt geben.

**) Diese Maxime muß durch Tradition auf un=
sere itzige Finanzminister gekommen seyn; wenn
sie gleich viele für eine Erfindung unsers
aufgeklärten Jahrhunderts halten. Sicher ist
es, daß Bedürfniß die Industrie erregt; al=
lein die Herren scheinen zwischen Bedürf=
niß und Dürftigkeit keinen Unterschied zu
machen; denn Dürftigkeit erstikt die Indu=
strie.

So geschieht's, weil's Geld nur zur Uippig=
  keit verführt. *)
D' Bevölkerung laß ich dabey nicht aus den
  Augen,
Und helf ihnen wohl selbst, so lang ihre
  Weiber **) was taugen.
Kurz ich lieb sie, und wenn sie ihre Steurn
  richtig geb'n,
So laß ich sie aus Huld und Gnaden —
  — so gar leb'n ***)

Und

*) Ebenfalls eine Lieblingsmaxime jeziger Zei=
ten, und vorzüglich eines gewissen Finanzmini=
sters, dem die Welt die Berechnung zu verdanken
hat, wie ein Beamter samt Weib und Kin=
der mit 199 fl. leben könne.

**) Dreymal glückliches Volk, wo der Regent
sich so weit herabläßt, und seine Bürger zu
Schwägern macht.

***) Die Philosophen sind der Meinung, daß

das

Und doch wollen meine Unterthanen ihr Glück
nicht erkennen *)
Und bombardiren mich mit Klagen und Thrä=
nen.
Das Saug'sind hat sogar den Respekt gegen
mich verlorn,
Und sagt mir die gröbsten Impertinenzien
in d' Ohr'n **):
Dem
das Leben ein Geschenk des Himmels sey,
und daß Niemand nehmen könne, was der
Himmel gegeben hat. Wenn also Hanswurst
hier sagt, daß er seine Unterthanen aus Gna=
den leben lasse, so spricht er sicher als Ju=
rist, oder Theolog.

*) Eine gewöhnliche Schwachheit der Menschen,
über die sich der Hanswurst eben nicht so sehr
verwundern sollte. Das: Nemo sua sorte
contentus, ist ein herrlicher Trostgrund für
Despoten; denn sie schreiben das Murrn des
Volks nicht ihrer Tyranney, sondern der mensch=
lichen Natur zu.

**) Darüber sollte der Hanswurst nicht geklagt
haben,

Dem hat d' Parforce-Jagd s' Fruchtfeld zer-
tretten —
Der ihr Mann liegt wegen einer Wildsau
in Ketten *)
Den andern hat's Gericht von Haus und
Hof vertriebn, **)
Weil er d' Nasensteur schuldig gebliebn.

Und

haben, da sich selbst Päbste dies gefallen lassen müssen. Wie oft schrie der römische Pö-
bel nicht schon dem heiligen Vater in die
Ohren; Pane! Pano! santo Patrê! ê non
benedizione!!

*) Immer noch um einige Grade gnädiger, als
wenn ein armer Wildschüz auf einem Hirschen
angeschmiedet, in das Gehölz gejagt wird.
Leider abermal ein Factum aus dem aufgeklärten Jahrhundert!

**) Dies geschieht auch in unsern Zeiten. Sind
es aber Handwerker, so begnügt man sich,
daß man ihnen nur den Werkzeug wegnimmt.
Dies ist auch der einfachste Weg, aus brauch-
baren Unterthanen — Bettler zu machen.

Und mehr dergleichen Hundsfüttereyen,
Mit denen sie mir täglich d' Ohren voll schreien — —
Ja, ich kann nicht einmal aufs Häusl gehn *)
Ohne daß zehn mit einer Bittschrift da stehn.
Um also der Sekatur los zu werden,
Befehl ich euch hiemit, den Beschwerden
Meiner Unterthanen abzuhelfen, so gut ihr könnt.
Das heißt: ihr müsset ihnen erklärn, daß ein Regent

Kein

---

*) Ganz unglücklich mag dies Land doch nicht gewesen seyn, weil den Unterthanen noch erlaubt war, ihre Klagen vor den Regenten zu bringen. Es giebt noch jetzt Länder, wo man dem Monarchen das Elend seiner Unterthanen zu verbergen sucht, und die armen Supplikanten, die sich zu seinem Throne wagen, mit Stockschlägen zurück treibt.

Kein Mensch sey; denn wir sind, wo nicht
Götter,
Doch wenigstens unsers Herrn Gotts seine
Vetter,
Der uns, wie's im Jure gar schön wird
erklärt, *)
Statt Seiner zum regiern herabschickt auf
d' Erd.
Wir mögen also noch so miserabl regiern,
So darf uns doch Niemand tadeln und
kritisiren **).

Und

---

*) Hanswurst mag sonst ein schlechter Jurist gewesen seyn. Dieser Saz war inzwischen zu schmeichelhaft für ihn, als daß er ihn nicht hätte behalten sollen.

**) Nicht alle Regenten denken, wie unser Hanswurst. Viele lassen ihre Unterthanen nach Belieben tadeln und kritisiren, wenn sie nur ihre Abgaben entrichten.

Und gesezt auch, daß ein Regent ein Dumm-
kopf wär,
So bleibt er doch von den übrigen Dumm-
köpfen der Herr.
Denn, wie ich euch schon gesagt, unsre
Macht kommt von oben —
Und was daher kommt, muß man ehren
und loben —
Kurz, wir erkennen kein Gesaz, als unsern
Willn *)
Und keine Pflicht, die uns nicht beliebt zu
erfülln — —

Dies

*) Wie ganz anders denken unsere weisen Re-
genten, die sich nun aus Bescheidenheit selbst
blosse Verwalter des Staats, oder wohl
auch die ersten Diener des Staats nennen.
Diese Benennung sezt den schönsten Stein in
ihre Krone; nur scheint mir zwischen einem
Monarchen, und einem Verwalter der kleine
Unterschied zu seyn, daß Lezterer auf allmali-
ges Begehren, der Erste aber nur dann Rech-
nung ablegt, wann es ihm beliebt.

Dies müßt ihr also meinen Unterthanen
einzuprägen suchen,
Und sind sie, wie ich hoffe, keine Rus
chen *)
So werden ihnen wohl die Augen aufgehn,
Und sie die **) Narrheit von ihrem Murrn
einsehn.
Dabey wär's gut, wenn ihr ihnen die Fabel
erzählet,
Von den Fröschen, die einen König erwählet,
Der ein Stuck Holz war, und der sodann
So gut regiert, als nur immer ein König re-
gieren kann.
Die dummen Frösch' aber waren mit ihm nicht
zufrieden,

B 2 Und

*) Eine Gattung Fische, die vorzüglich im Bayer-
land zu Haus ist.

**) Hanswurst denkt als Philosoph; denn im
Grunde ist es doch wirklich eine Narrheit, über
Dinge zu klagen, die sich nicht ändern lassen.

Und fiengen an, allerhand böse Anschläg zu
schmieden.
Sie liefen zum Jupiter hin, und schrien ihm
die Ohren voll,
Um einen andern König. Der wurd endlich
toll,
Und weil ihm die Narrn nicht einen Augenblick
Ruh gaben,
So sagt er: Gut! ihr sollt einen andern
König haben,
Und da hat er ihnen im Zorn einen Storchen
geschickt,
Der sie in einer Nacht mit Haut und Haar
geschluckt.
Durch diese Fabel könnt ihr meine Unterthanen,
Falls ihr keine Ochsen seyd *), zur Geduld er-
mahnen —

Wenn

*) Immer Ehre genug, für Präsidenten und
Räthe, daß er diese Eigenschaft noch in Zwei-
fel zieht. Denn es klingt doch besser, als
wenn

Wenn ihr ihnen nämlich, auf gute Art pro-
                                birt,
Daß ich's Stuck Holz, und mein Nachfol-
ger der Storch seyn wird. *)
Meine Unterthanen sind nicht vor den Kopf
geschlagen,
Und werden gern ihre Last wie d'Mühlesel **)
tragen,
Sobald sie nur denken an's gröſſere Ungemach;
Denn

wenn Hanswurſt geſagt hätte: Ihr Ochſen,
die ihr ſeyd.

*) Ich weiß wirklich nicht, ob unſere größten
Menſchenkenner einen beſſern Troſtgrund hätten ausfinden können, als unſer Hanswurſt
durch die Moral ſeiner Fabel fand. Denn die
bloſſe Idee: es kömmt ſelten was Beſſers
nach, macht, daß wir tauſend ſonſt beſchwer-
liche Uebel kaum fühlen.

**) Eine Benennung, die auch in unſern Zei-
ten auf manche Unterthanen paßte.

Denn d' Fabel lehrt: es kommt selten was
Bessers nach.
Ihr habt hier also meinen Willen vernommen —
Ich hoffe, ihr werdet demselben getreulich
nachkommen!
Denn hör ich von meinen Unterthanen noch ei=
ne Klag,
So heißt mich was, wenn ich euch nicht zum
Teufel jag — *)

Und

---

*) Hätte hier Hanswurst, an den Satz: es
kommt selten was bessers nach, gedacht,
so würd' er sicher mit dieser Drehung zurück=
gehalten haben.

Und nun will ich schliessen. Es plagt mich der Durst. *)

Ich bin

Lieben, getreue

Euer affektionirter Hanswurst.

*) Freylich nicht der gewöhnliche Schluß in Handbilleter; aber immer ein neuer Zug von Hanswurstens Offenherzigkeit.

ob des Hanswurstes.

Die

letzte Beylage

zur

Regierung des Hanswurstes.

Salzburg, 1787.

Vorerinnerung.

Diese letzte Beylage zur Regierung
es Hanswurstes rührt aus der
ämlichen Quelle her; und wenn es bey
en vorhergehenden Aktenstücken nur blos=
Muthmassung war, daß sie eine Frucht

von

von der muthwilligen Laune des gefalle=
nen Präsidenten seyn mögen, so wird die=
ses Vermuthen nun zur Gewißheit, in=
dem die ganze Piece von des Präsiden=
ten eigener Hand geschrieben, und über=
dies dem Manuscript die Partitur der
Farce mit dem Zusatz beylag: daß dieses
Stück von einigen sehr vertrauten Freun=
den des alten Präsidenten in einem seiner
Gartenhäuser aufgeführet worden.

So sehr indessen der Stoff dieser
Piece die Merkmale der Antiquität und
barbarischer Jahrhunderte an sich trägt,
so hätte der Freund, der diesen Fund, wie
schon gemeldet worden, in einem alten
Leibstuhl gemacht, diesmal kaum in seine
Publicität gewilliget, (da die Deutungs=
sucht, recht mit Indiskretion, die vorher=
gehenden

gehenden Acta Hanswurstiana für eine Satyre auf unsere Zeiten - hielt) hätte nicht das Bewußtseyn seiner Unschuld, und die Ueberzeugung, daß dies das Schicksal aller Satyren sey, und daß man noch jetzt zu J u v e n a l s Narren das Urbild im achtzehnten Jahrhundert suche, endlich über seine Bedenklichkeit gesiegt.

Das Publikum erhält also auch dieses wichtige Dokument, das zwar zur Völkerbeglückung eben nichts beytragen mag; das aber immer dazu dient, unsere Zeiten in ein vortheilhafteres Licht zu setzen.

Den Anmerkungen des Setzers bittet man durch die Finger zu sehen. Da sich

sich diese Herren öfters die Freyheit nehmen, den Sinn des Verfassers zu verändern, so mag es einem aus ihnen auch einmal erlaubt seyn, Noten zum Text zu machen.

Salzburg den 1ten Jenner 1787.

Der Verleger.

Erster Auftritt.

(Ein grosser Vorsaal in der Residenz des Hanswurstes. Einige Hofbediente gehen mit niedergeschlagenen Mienen auf und ab, andere sehen um so muntrer aus. Im Hintergrund des Saals steht ein Tisch, an dem gewürfelt wird. Die vor der Antichambre stehende Leibwache hat ihr Gewehr an die Wand gelehnt, und würfelt mit. Ein Hofbedienter zieht eine grosse Fasanpastete unter dem Mantel hervor, die er zu tranchiren anfängt. Ein anderer bringt verschiedene Bouteillen Ausländerwein zum Vorschein. Die Spieler werfen bey diesem Anblick die Würfel weg, und

und fallen über die Pastete her, wobey sie
ein ärgerliches Geschrey vollbringen.)

Ein alter Hofbedienter,

(der traurig am Kamin steht und sich
wärmt). *)

Aber, ihr Herrn, denkt doch an den kran=
ken Fürsten.

Der andere Hofbediente,

(indem er die Pastete tranſchirt.)

Wegen ihm werden wir nicht hungern und
dürſten — —

Da!

---

*) Ein Liebling des Hanswurſtes — ein
Zuträger, Schmeichler, Kuppler, und
alſo ein Geſchöpf, dem der nahe Hin=
tritt ſeines Herrn ſehr nahe gehen
muß.
Anmerk. des alt. Präſ.

Da! greift zu! 'S ist so zur guten Letzt,
Daß uns d' Hofkuchel solche Pastäten auf=
  setzt. *)

Der Hofbediente,

(der den Wein gebracht hat.)

Vorm Burgunder dürfen wir auch das Maul
  abwischen —
Just konnt' ich noch diese sechs Bouteillen
  fischen:
Die übrigen hat schon alle der Teufel ge=
  holt — —

---

*) Der Autor ist ein Spaßvogel. Will uns weiß machen, daß diese Komedie auf das vergangene Jahrhundert stich=le — Hi! hi! merk wohl, wo er hin will — Haben nicht blos die Leiblakey Pastäten und Torten für ihre Weiber aus der Hofkuchel heimgetragen — haben wohl auch d' Fratschlweiber eine Menge Leckerbissen aus der Hofkuchel und so gar ganze Fasanen und Kapauner öffentlich in Vorstädten verkauft.
  Anmerk. des Setzers.

Ein andrer Hofbediente.

Könnt' ihn wohl nennen den Teufel, wenn
 ich wollt —
Basta! Jeder sucht seine Schäflein ins Trok=
 ne zu bringen,
Noch eh sie unserm gnädigsten Herrn das
 Requiem singen —
Denn kommt nur e'nmal der neue Regent,
So hat's ohnehin mit Kuchel und Keller ein
 End.

Zweyter Auftritt.

(Der Beichtvater kommt mit wankenden
Schritten aus dem Kabinet. Der alte Hof=
bediente erblickt ihn).

Still! ihr Herren, Seine Excellenz der
 Beichtvater kommen.

(Der alte Hofbediente geht ihm entgegen, und
küßt ihm ehrfurchtsvoll die Hände — Von
den übrigen stehen einige von ihren Stühlen
auf und neuzen sich; die meisten aber lassen
 sich

sich in ihrem Schmaus nicht stören, und rühren sich nicht einmal vom Fleck, als der Beichtvater sich ihrem Tische nähert)

Der Beichtvater,

(in einem sehr familiären *) Tone).

Wie ich seh, so habt ihr ein kleines Jauserl genommen,
Lieben Kinder — — Was habt ihr dann für Wein?

(etwa

---

*) Dieser Mann war bisher der stolzeste, unerträglichste Pfaff, der je an einem Hof Beichtvater und Hofenrath gewesen. Wenn er aber nun mit einemmal gefällig und höflich wird, und sich bis zur Familiarität mit Hofbedienten herabläßt, so geschieht es, weil er des Regenten nahes Ende befürchtet, mit dem, wie er wohl vorsieht, auch sein Einfluß auf Hof= und Staatsgeschäfte sein Ende nehmen wird. Die schlauen Hofbediente haben eben so helle Augen: deswegen machen die Meisten so wenig Umstände mit ihm.

Anmerk. des alt. Präs.

(etwas spöttisch)

Er wird wohl aus dem Leibfaß von Sr.
 Durchlaucht seyn — —

(Er nimmt eine Bouteille und schenkt sich
selbst ein Glas voll, das er ausleert.)

Ein Hofbedienter.

Nu! das freut uns — — Seit den vielen
 Jahren
Daß Sie bey Hof, ist uns die Ehr nicht
 wiederfahren.

Der Beichtvater,

(in einem gerührten aber zugleich heuchleri-
schen Tone.)

Kinder mit unserm gnädigsten Herrn steht's
 nicht gut —
Ich fürcht' — ich fürcht', daß ihn uns der
 Himmel nehmen thut —

Gott

Gott geb dann nur, daß der neue Regent
 den Staat gut verwalte*)
Und Religion und Geistlichkeit in Ehren hal=
 te —
Denn wo keine Furcht des Herrn beym Haus,
Da bleibt gewis auch aller Segen Gottes
 aus.

Der alte Hofbediente.

Ja wohl! Euer Excellenz, die Zeiten werden
 stets schlimmer,
Und einen Regenten, wie der jezige kriegen
 wir nimmer,
Der hat die Geistlichkeit recht geschäzt und
 geehrt
Und d' Kezer und d' Freygeister mores ge=
 lehrt **).

 Der

---

*) Dieser Beichtvater erinnert mich an ein
 gewisses Hausschild, wo der Fuchs den
 Gänsen predigt.
  Anmerk. des Setzers.
**) Hanswurst war im Grunde nichts we=
 niger als ein Religionsschwärmer. Ei=
  ne

Der Beichtvater.

(der während dieser Rede noch ein Glas ge
trunken, und ein Stück von der Fasanpastete
versucht hat)

Jetzt will ich geschwind mich umkleiden ge=
hen,
Und dann wieder nach unserm gnädigsten
Herrn sehen —
Betet für ihn, Kinder, um ein seliges
End — —
Und denkt nur, es kommt bald ein neuer Re=
gent.

(Er sieht bey dieser Rede gegen Himmel, seg=
net dann die Hofbedienten und die Fasanpa=
stete und gehet ab)

Ei=
ne schöne Ketzerin war ihm so lieb als
die eifrigste Katholikin, und ein guter
Fasan oder Wildschweinkopf war ihm
auch an Freytägen willkommen. Da
er aber sich gänzlich von seinem bös=
herzigen Beichtvater lenken ließ, so ver
folgte er auf dessen Anstiften nicht so
sehr die Ketzer, als die sogenannten
Freygeister, worunter der Pfaffe jeden
Mann von Kopf und Verdienst zählte.

Anmerk. des alt. Präs.

Ein Hofbedienter.

Ey, ey! den neuen Regenten kann er gar
nicht vertragen —

Ein andrer Hofbediente.

Er merkt wohl, daß er ihn vom Hof wird
jagen —

Der alte Hofbediente,

(für sich)

Noch hab ich gehoft — Seit aber der Pfaffe
so höflich wird,
Glaub' ichs selbst, daß unser Herr bald ad
patres marschirt.

Dritter Auftritt.

(Das Schlafkabinet des Hanswurstes. Se.
Durchlaucht sitzen in einem Schlafsessel, in
welchem sie sich eine selbstbeliebige Richtung
geben

geben können. Die Füsse, die sehr hoch an: geschwollen, liegen auf einem Schemmel. Um ihn herum stehen der Protomedikus und noch drey andere Hofmedici in grossen Fakultäts: perücken, die einander bedenklich ansehen, und hinter den Ohren kratzen. Hanswurst, der bisher in einer Art von betäubendem Schlum: mer lag, erwacht, und will mit Gewalt auf: nehen. Die Kammerlakeye halten ihn zu: rück)

Sapprament! laßt mich auf! Ich kann's
nicht länger leiden —
Es ist, als wollt's mir die Gedärm entzwey
schneiden —

(zu den Leibärzten)

Was steht ihr, ihr Ochsen*), wenn ihr nicht
helfen könnt?

Der

---

*) An solchen Ausdrücken war Hanswurst sehr reich. Indessen muß ich der Wahr: heit zur Steuer bekennen, daß er wirk: lich selbst unter seinen Ministern und Räthen Geschöpfe hatte, die kaum so viel Verstand besassen, als ein Ochs.

Hans=

Der Protomedikus.

Wir haben gewiß unser Möglichstes ange=
   wendt —
Allein Eur Durchlaucht führn ein Leben
Daß's nicht möglich ist, das Uebel zu he=
   ben —
Sie halten in keinem Stuck eine rechte Diät,
Und thun schon gar nie, was vorgschriebn
   steht.
Statt der Mixtur trinken Sie Burgunder,
Und schlucken wohl auch ein halbn Kapaun
   mit hinunter:
Und wenn dann die materia peccans sich regt,
So wird d' Schuld auf den Leibmedicus ge=
   legt.

Hans=

Hanswurst nannte sich aber wohl auch
selbst einen Ochsen. So geschah es,
daß er die Plane zu neuen Gebäuden
vorher approbirte, und wann die Ge=
bäude fertig waren, das ganze Ding ein
Ochsenstück betitelte.

Anmerk. des alt. Präs.

Hanswurst,

(in einem halb weinerlichen Tone) *)

Soll ich's gewiß wie meine Unterthanen ma=
chen,
Und Hunger leiden, daß mir d' Darm kra=
chen?
Warum bin ich denn Regent, wenn ich nicht
thun kann, was ich will?
Und warum zahl ich euch Eseln dann jähr=
lich so viel,

Wenn

---

*) Ich war lange an verschiedenen Hö=
fen, und habe also gelegentlich die Be=
merkung gemacht, daß diejenigen, de=
nen die Regenten einmal ihre Pudenda
anvertrauen, auch über ihr Herz eine
unumschränkte Gewalt erhalten. Die
Furcht vor dem Tode, die Fürsten weit
stärker als ihre geplagten Unterthanen
fühlen, macht, daß sie diejenigen, von
deren Händen sie die Verlängerung ih=
res Lebens erwarten, mit einer Art von
heiliger Verehrung betrachten, und sich
so gar die bittersten Wahrheiten von
ihnen sagen lassen. So konnte Hans=
wurst, wenn er in seinen Anfällen von

böser

Wenn ihr nicht könnt auf ein Mittel studie=
ren
Und nicht einmal im Stand seyd, das Po=
dagra zu kuriren?

Zweyter Leibmedikus.

Euer Durchlaucht vergeben, wir kennen die
Krankheit wohl:
Denn leider ist die halbe Stadt davon voll.
Vom Bierbrauer bis zu den Excellenzen,
Vom Bettelmönch bis zu den Eminenzen
Giebt's Podagristen, und bald ist kein
Menſch in der Stadt,
Der nicht einen Anſaz vom Podagra hat *)

böſer Laune, oft wie ein kleiner Wild=
fang um ſich warf, blos durch ſeinen
Protomedikus zahm gemacht werden.
Anmerk. des alt. Präſ.

*) Das find ich ganz natürlich. Seit=
dem alles auf den groſſen Fuß leben
will, die Bürgersleut ſich Roß und Wa=
gen halten, nichts als Kapaune und
Hühner

Wir haben auch die herrlichsten Bücher darüber geschrieben,
Und wirklich die Kunst auf's Höchste getrieben:
Wir wissen nun, daß die Krankheit Podagra heißt,
Und daß es die Pazienten schneidt, brennt, und reißt:

Daß Hühner fressen, statt hölzerner Bänke auf weichen Sophen sitzen, und sogar die Obstweiber Kaffee wie Wasser trinken, müssen sie freilich die adeliche Krankheit, das Podagra bekommen. Ja, seitdem unsere Herren Principalen, statt wie ihre Vorfahren, am Setzkasten zu stehen, oder eigenhändig den Preßbengel zu führen, sich auf die faule Haut gelegt, und gnädige Herren geworden sind, hat diese vornehme Krankheit auch in unserm Kunstgremium eingerissen. Aber uns Setzer dürfte der Himmel bey unserm schmalen Lohn und harter Arbeit wohl noch lange vor dem Podagra und ähnlichen ritterlichen Krankheiten bewahren.

Anmerk. des Setzers.

Daß ferner diese Schmerzen von einer Ma=
    terie herkommen,
Die ihren Siz in den Gelenken genommen,
Und daß der Schmerz so lang fühlbar bleib,
So lang die böse Materie im Leib — —

Der dritte Leibmedikus.

Aber die böse Materie, Eur Durchlaucht,
    die macht uns schwizen;
Denn wann sie anfängt in ein Gelenk hin=
    einzusitzen,
So treibt sie kein Teufel und kein Medikus
    heraus.
Sie verwickelt sich recht wie eine Fleder=
    maus,
Möcht ich sagen, in zerrupften Haaren,
Und hat uns Medici fein sauber zu Narren.

Hanswurst,
(äusserst aufgebracht)

Mord tausend! heilige Anna! schwere
    Noth!
                                    Ich

Ich glaub, die Schurken treiben mit mir ih-
    ren Spott!
Anstatt das Uebel aus dem Leib zu treiben,
Thun sie mir's nach der Läng und Breite
    beschreiben —
Ich hust' euch drauf, daß ihr mir meine
    Krankheit nennt,
Wenn ihr, ihr Ochsen, sie nicht kuriren
    könnt — — —
Sakrament! das schneidt! nein! länger er-
    trag ich's nimmer — —
Kurirt mich, ihr Schurken, oder pakt euch
    aus dem Zimmer.

(Der Protomedikus hat indessen, die Brille
auf der Nase, die hochfürstlichen Exkrementen
besichtigt).

Der vierte Leibmedikus.

Nu! nu! nur Geduld, es wird sich schon
    gebn —

Es beth't ja die ganze Stadt für Euer
 Durchlaucht Lebn *).
Gott wird auch das Flehn der unschuldigen
 Kindlein erhören,
Und Eur Durchlaucht die Gesundheit wieder
 bescheren —
Wir wärn schon oft mit unser Kunst im Pfif=
 ferling gestekt,
Hätt sich der gätige Himmel nicht ins Mit=
 tel gelegt — —

Hans=

---

*) Das Gebet hätt' ich hören mögen.
Unmöglich muß es den guten Leuten
von Herzen gegangen seyn: denn sie
durften nur an ihre Nase greifen, um
sich der Nasensteuer, und des ganzen
übrigen Steueranhangs zu erinnern.
Oder wenn doch einige mit Herz und
Mund beteten, so geschah es vielleicht,
weil ihnen die Stelle aus dem Hans=
wurstischen Haudbillet: es kommt sel=
ten was Bessers nach, noch in dem
Kopf steckte.

Anmerk. des alt. Präs.

Hanswurſt,

(im äuſſerſten Zorn)

So! alſo vom Himmel ſoll ich meine Geſundheit erwarten?
Fort aus meinem Geſicht, ihr Baſtarden!

(Die Aerzte laufen zum Kabinet hinaus, Hanswurſt wirft ihnen einige Medizintigel nach, die neben ihm auf einem Tiſchchen ſtehn).

Der Protomedikus,

(im ablaufen)

Er iſt ein Narr', laſſen wir ihn gehn meine Herrn!
Ich wette, er ruft uns ſelbſt wieder gern.

Vierter Auftritt.

(Ein Zimmer der Mätreſſe, die in Reiſekleidern und eben beſchäftiget iſt, ihre koſtbaren

Geschmeide in eine Chatuille zu packen. Ein fürstlicher rothwangigter Edelknabe leistet ihr dabey Dienste).

Die Mätresse.

Die Pferd sind also bestellt?

Der Edelknabe.

— — — — seyn Sie ohne Sorgen
Theurste Gräfin! Bevor noch die Sonne
        den Morgen
Heraufführt, und die fürstliche Burg be=
        leucht *)
Haben wir bereits längst die Gränzen er=
        reicht. — —

---

*) Wenn die Sprache des Edelknappens und der fürstlichen Mätresse etwas erhabner ist, so rührt es daher, weil Erstrer ein Poet, und Letztere ein Belletristin war.

Anmerk. des alt. Präsid.

Die Mätresse.

O, wie will ich dir dann deine Liebe loh=
nen!
Unauslöschlich soll dein Bild in meinem
Herzen wohnen;
Und ich füll' dir gewis den Liebesbecher so
voll,
Daß er dich, Theurster, ganz b.rauschen
soll.

Der Edelknabe.

Aber, Madame! wenn Sie mich schon itzt
davon kosten liessen?
Mich dürstet gewaltig nach Ihren Zuckerküs=
sen;
Auch möcht' ich schon jetzt an Ihrem Busen
ruhn,
Auf dem tausend Liebesgötter sich so gütlich
thun.

Die Mätresse.

Jezt nicht, Schmeichler! denk, in was für
 Gefahr unser Leben!
Und daß kein Priester über uns den Segen
 gegeben *).

Ein Vertrauter.

Die Pferd sind angespannt, und alles ist zur
 Flucht bereit,

Die Mätresse,

(indem sie die Chatuille mit sich nimmt)

Also muthig — verlieren wir keine Zeit —

(für

---

*) Das war nun einmal so Mode am
hauswurstischen Hofe. Man lebte äus=
serst galant, stellte sich aber dabey äu=
serst andächtig — Es läßt sich also er=
klären, wie diese Mätresse ihrem unge=
duldigen Entführer den Einwurf machen
 konnte.

(für sich)

Um mich von einem alten Gecken zu be=
freyen
Muß mir ein junger Geck seinen Beystand
leihen *).

(gehen ab)

Fünfter Auftritt.

(Abermal das Schlafkabinet des Hanswursts, der nur mit schwacher Stimme redt, und sich im

konnte, daß noch kein Priester den Se=
gen über sie gegeben habe.

Anmerk. des alt. Präsid.

*) Wie man nach der Hand erfuhr, war
der junge Gecke doch klüger als die Da=
me glaubte. Kaum war er an der Grän=
ze, so bemächtigte er sich heimlich der
Chatuille, und ließ seine Prinzessin im
Stich. Diese begab sich dann aus Ver=
zweiflung in ein Nonnenkloster, und
wurde, wie es die meisten Mätressen
noch geworden, eine Betschwester.

Anmerk. des alt. Präsid.

im Schlaffeſſel von einer Seite auf die andre
wirft. Neben ihm ſteht der Protomedikus,
und der Beichtvater. Hanswurſt hat ein
Skapulier und einen groſſen Roſenkranz um⸗
hangen.)

Der Protomedikus,

(indem er dem Hanswurſt den Puls greift)

Eur Durchlaucht müſſen nicht gleich ſo hen⸗
ken die Ohrn —
Noch iſt Kriſam und Tauf nicht ver⸗
lorn — —
Der Himmel, der wirkt gar viele Mirakel
und Wunder

Hanswurſt.

Mich durſt — gebt mir ein Glaſl Burgun⸗
der.

(der Kammerlakey giebt ihm zu trinken)

Der

Der Leibmedikus.

'S ist nur fatal, daß wir in der bösen *)
  Jahrszeit sind;
Sonst wär's mir nur ein Spiel für ein
  Kind.
Ich wollt den Teufel bald zum Leib hinaus-
  hetzen — —

Hanswurst.
(mit immer schwächrer Stimme)

Au weh! mit mir ist's Mathäus am Letz-
  ten.
Es brennt mir's Herz ab — Noch ein
  Glasl Wein — —

(Der

---

*) Da sieht man ja klar, daß der Autor wieder auf unsere Zeiten anspielt. Denn gerad so machen es unsere meisten Medici. Da schieben sie die Schuld auf die Jahrszeit, wenn ihnen eine Krankheit zu viel Sprüng macht.
  Anmerk. des Setzers.

(Der Leibmedikus winkt dem Kammerlakeyen, daß er ihm immerhin davon geben könne).

Der Beichtvater,

(indem er den Protomedikus mit Blicken ersuchet, sich einen Augenblick zu entfernen, der ihn auch versteht, und sich an ein Seitenfenster begiebt)

Hoffen müssen wir freilich — — da wir
    aber schwache Menschen seyn,
Und also nicht wissen können, wenn es dem
    Himmel
Beliebt, uns aus diesem zeitlichen Weltge=
    tümmel
Vor sein allerhöchstes Tribunal zu citirn *)
So ist es gut, wenn wir uns dazu dispo=
    niru,

Und

---

*) Man sieht schon aus diesem gleißnerischen Eingang, daß der Beichtvater zu einem Orden gehöre, dessen ganzes Wesen Heucheley ist.
                  Anmerk. des alt. Präs.

Und unsre Gedanken von dieser Welt ab=
lenken,
Um ein wenig auf die andre zu denken.
Freilich waren Euer Durchlaucht zu Ihrem
größten Glück
Immer ein eifriger und fester Katholick,
Der mehr auf den Glaubn *) als auf die
Vernunft getrauet,
Und sich also manchen Staffel nach dem
Himmel gebanet — —
Für die Höll wär also so ziemlich vorge=
sehn —
Allein dem Fegfeur läßt sich so leicht keine
Nasn drehn —

Man

*) Der Pater hätte sagen sollen, blinder
Glaube, dann hätt' er wahr geredt.
So wenig Hanswurst Schwärmer für
seine Religion war, so glaubte er doch
alle Mirakel, die verschiedene Gnaden=
bilder und Heilige gewirkt haben sol=
len, und es giebt kein so alberners
Mährchen, das vor ihm nicht Glauben
gefunden hätte, so bald es ihm ein
Priester erzählte.
Anmerk. des alt. Präs.

Man kann sich unmöglich in den Himmel
   hinein stehlen —
Es lauscht, troz einem Ueberreuter, auf die
   abgeschiedenen Seelen:
Dabei hat es ein Maul so groß wie ein
   Stadtthor,
Und erwischt, Schneider, Schuster und Für=
   sten beym Ohr.
Indessen ist auch hier noch ein Mittel zu fin=
   den:
Wenn man nämlich die läßlichen Sünden,
Mit eben so viel heiligen Messen salbirt; *)

       Daher

*) So oft der Beichtvater oder sein Or=
den Geld brauchten, machte er dem
Hanswurst immer Schwierigkeiten,
wann es zur Absolution kam, bis der
furchtsame Fürst die Chatuille leerte,
und sich so seine Lossprechung erkaufte.
Auf diese Art hat der Orden nach und
nach ungeheure Summen gezogen, und
den Staat eben so gut und noch
mehr als die Mätresse plündern ge=
holfen.
     Anmerk. des alt. Präs.

Wozu freilich eine grosse Summe erfodert wird.
Daher ist dies Mittel auch nur für Herrn und Fürsten —
Denn die Gemeinen müssen sich lassen fegen und bürsten,
So lang das Fegfeur die kleinsten Mackel antrift —
Zwar haben Eur Durchlaucht schon manches Hochamt gestifft —
Allein es steht noch so viel, vermög der Mätressen
Auf dem Sündenregister — — und dafür fehln noch die Messen.
Ich glaub auch die Sach nicht zu übertreibn,
Wenn ich sag, daß bey sechs tausend auf dem Rabisch bleibn.
Eur Durchlaucht vermachen uns also sechs tausend Gulden,
Und ich repondir bey meiner Weih für alle Fegfeurschulden.

Hans=

(Hanswurst war schon beym Anfang dieser langen Rede aus Mattigkeit in einen Schlummer gefallen, und nickte ein paarmal mit dem Kopf, als der Beichtvater die letzten Worte sagte).

Der Beichtvater.

(indem er sich zu den Protomedikus und den Kammerlakeyen wendet, die in einer kleinen Entfernung stehen, und es sahen, wie Hanswurst mit dem Kopf nickte).

Der Fürst sagt ja. Sie sind Zeugen meine Herrn *)

Der Leibmedikus.

Ja Eur Excellenz — —

---

*) Das war (die heilige Weih des Beichtvaters ausgenommen) ein wahrer Spizbubenstreich.

Anmerk. des Setzers.

Die Kammerlakey,

— — — wir können es beschwören.

Der Beichtvater.

Das ist ein Fürst, der allen Grafen ein Bey-
  spiel kann geben,
Wie sie sich solln bereiten zum künftigen Leben.
Nur Schad, daß unser Land einen Herrn
  verliert,
Der sich so christlich zum Tod disponirt.

Hanswurst,

(schlägt die Augen auf, und blickt rund um
sich herum, dann sagt er mit äusserst schwacher Stimme.)

Wo ist dann meine Mätresse? Laßt mir s'
  doch kommen — *)

Ein

────────
*) So! das heißt sich schön zum Tod be-
  reiten, wenn man noch um d' Mätresse
  fragt.

Ein Kammerlakey.

Euer Durchlaucht vergebn — Sie hat ihren
             Abschied genommen.
Ihre Zimmer sind leer, und wie es heißt;
So ist sie mit einem Edelknabn in fremde
             Länder gereist.

Hanswurst.

Die Sau — die — hab ihr zu Lieb —
             mein — Land ausgesogen,
Und jezt — werd — ich — so schändlich —
             von ihr — betrogen.

Beichtvater.

Nu! nu! nur getrost Eur Durchlaucht, im
             Himmel drobn

Ist

fragt. Vielleicht wollt' ihr aber Hans=
wurst eine Predigt halten, und dann
wärs' was anders.

Anmerk. des Sezers.

Is weit was Bessers für Sie aufgehobn.
Da kriegen S' die schönsten himmlischen Mä=
tressen,
Und um die ist es gewis ein ganz anders
Fressen,
Als um unser stinkendes Weibergesind —

Hanswurst,
(mit sterbender Stimme)

Au weh — wie wird mir — —
(bekommt Konvulsionen)

Der Leibmedikus.

Hm! hm! der Puls geht ziemlich geschwind.

Der Beichtvater.

Ich glaub gar Eur Durchlaucht greifen in
Zügen — ?

Der

Der Leibmedikus.

Schau, schau! So ist's Podagra doch ans Herz gestiegen!!

Hanswurst,
(mit gebrochener Stimme)

Ich kann nimmer reden —. — — lest mir ein Meß — — —
Au weh — au weh! — mein — Burgunder — — meine Mätreß —

(stirbt).
